DES

INDICATIONS SPÉCIALES

DE L'ADMINISTRATION

DES

EAUX-BONNES.

1847

DES INDICATIONS SPÉCIALES DE L'ADMINISTRATION DES EAUX-BONNES,

PAR

M. A.-F. ANDRIEU,

PROFESSEUR-AGRÉGÉ A LA FACULTÉ DE MÉDECINE DE MONTPELLIER,

MÉDECIN AUX EAUX-BONNES.

« Qui sufficit ad cognoscendum
» sufficit ad sanandum. »

AGEN,

DE L'IMPRIMERIE DE PROSPER NOUBEL.

JUILLET 1847.

AVANT-PROPOS.

Les considérations que je vais émettre touchant les indications spéciales de l'administration des Eaux-Bonnes, sont le complément indispensable des généralités exposées sur la même matière, dans l'*Essai* que j'ai publié sur ces mêmes eaux. Il faut que l'esprit se repose en dernier ressort sur les notions particulières, parce que dans la pratique de l'art nous sommes obligés de nous prendre corps à corps avec les individualités. Absorbé par des travaux d'un autre genre, je n'ai pu, en temps opportun, ajouter ce chapitre à l'ouvrage déjà publié. Je me hâte aujourd'hui de remplir cette lacune; je souhaite que cette addition rende plus clairs, dans leur application aux espèces, les préceptes que je n'ai formulés jusqu'ici que d'une manière générale.

Eaux-Bonnes, 16 *Juillet* 1847.

DES

INDICATIONS SPÉCIALES

DE L'ADMINISTRATION

DES EAUX-BONNES.

Prophylaxie. — L'expérience de tous les jours nous prouve que l'usage bien dirigé des Eaux-Bonnes guérit radicalement, ou modifie d'une manière très-avantageuse, les maladies de la poitrine, alors même que celles-ci s'annoncent sous les dehors les plus graves. Les cas extrêmes, ceux dans lesquels le mal est arrivé à sa dernière période, sont les seuls qui n'indiquent pas d'une manière évidente l'emploi de ce médicament. En effet, pour perdre à peu près tout espoir d'établir ou d'améliorer la santé, il faut que l'on retrouve simultanément chez le même sujet l'émaciation et la faiblesse portées à un haut degré, l'expectoration et la résorption purulentes, la fièvre hectique, les sueurs et la diarrhée colliquatives.

Encore même, ainsi que nous l'avons dit ailleurs, ne faut-il pas se laisser facilement décourager au premier abord. Plusieurs ou la totalité de ces symptômes peuvent exister chez quelques malades susceptibles d'être guéris, parce que tous ces accidents morbides ne sont pas nécessairement liés à des lésions organiques irrémédiables. Bordeu a relaté un bon nombre de succès obtenus alors que tous les symptômes que je viens d'énumérer se trouvaient réunis chez le même malade; et, de nos jours, ne voyons-nous pas, chaque année, s'accomplir des guérisons surprenantes et complètement inattendues ?

Ces résultats sont remarquables pour le médecin, et rassurants pour les malades; néanmoins, ils ne peuvent faire renoncer à cet axiome formulé par la prudence, savoir : qu'il vaut mieux prévenir que guérir. Il est, en effet, plus facile de prévenir cent maladies que d'en guérir une seule. C'est en raison de cette circonstance que la prophylaxie l'emportera toujours sur le traitement curatif aux yeux des praticiens éclairés.

De nos jours, les moyens qui ont pour but de prévenir le développement de certaines maladies, doivent attirer fortement l'attention du thérapeutiste. En effet, il ne faut pas se le dissimuler, les mœurs de nos villes et surtout de nos grandes cités, nos jouissances effrénées ou précoces, nos agitations incessantes, nos travaux excessifs, les anxiétés de la vie commerciale ou politique, la dégradation progressive de l'espèce effectuée, pour certaines familles, au travers de générations de moins en moins robustes et capables de léguer le dépôt de la vie; il ne faut pas se le dissimuler, dis-je, toutes ces circonstances nous prédisposent ou nous conduisent plus ou moins lentement à contracter les maladies les plus redoutables. Le père et la mère d'un enfant débile et maladif se demandent souvent avec angoisse d'où proviennent une santé chétive et une sorte d'arrêt dans l'évolution organique de l'être auquel ils ont donné l'existence. Quant à eux, ils ont toujours joui et ils jouissent encore d'une santé, sinon robuste, du moins bien supérieure à celle de leurs enfants. La raison de cette anomalie apparente réside dans cette circonstance, qu'il reste assez de force à l'un des parents, ou à tous les deux, pour pousser leur carrière jusqu'à une vieillesse avancée, tandis qu'en eux ne réside plus une puissance génésique, suffisante pour imprimer au germe une énergie vitale capable de développer et de maintenir, longtemps vivace, une individualité organique. Se maintenir ou se reproduire, sont deux actes de la vie essentiellement distincts, et dont l'un suppose une puissance d'action bien supérieure à celle de l'autre. C'est ainsi que l'hérédité pathologique, sans être apparente existe néanmoins, si on comprend son mode d'activité et d'influence d'après les données que je viens d'exposer.

En outre, nous savons qu'il n'est pas de maladie au sujet de laquelle la transmission héréditaire soit prouvée d'une manière plus évidente que la phthisie tuberculeuse. Si, abstraction faite des affections de poitrine, la santé du père ou de la mère est débile ; si les enfants, même en bas âge, éprouvent très fréquemment des souffrances du côté des organes respiratoires ; si l'un des ascendants, ou tous les deux à la fois, sont atteints de maladies chroniques du thorax; à plus forte raison, si l'un ou l'autre a déjà succombé à l'une de ces maladies, il faut se hâter de mettre à contribution toutes les ressources de l'hygiène et d'un traitement médicamenteux bien entendu. L'enfant doit être pris au berceau et conduit jusqu'à l'âge adulte, dans le but, constamment poursuivi, de développer ses forces physiques et ses organes pectoraux entachés virtuellement dans le germe, d'une débilité relative.

En dehors de tous les moyens que l'hygiène et la matière médicale mettent à notre disposition, deux agents thérapeuthiques, préparés par les mains de la nature, s'offrent à nous pour nous aider puissamment à atteindre le but : ce sont les bains de mer et les eaux sulfureuses. Chacun connaît l'action tonique et fortifiante des bains de mer administrés avec méthode et d'après des indications raisonnées. Suivis d'une réaction périphérique, sans laquelle ils seraient plus nuisibles qu'utiles, ils déterminent quotidiennement des fluxions révulsives cutanées, et dégorgent les membranes mûqueuses, dont le parenchyme pulmonaire et les organes glanduleux eux-mêmes ne sont, à un certain point de vue, que des embranchements et des ramifications déliées. Ils empêchent ces derniers organes, ou pour mieux dire toute *la peau interne*, de devenir le siège de congestions, d'engorgements chroniques, de dégénérescences variées, d'éruptions ou d'infiltrations tuberculeuses. En même temps, l'énergie vitale imprimée à l'enveloppe cutanée se réfléchit sympathiquement, et par continuité de tissu, aux surfaces de rapport situées dans les cavités splanchniques, et aux organes glanduleux qui en sont de véritables appendices.

Jusqu'ici, nous avons sollicité, en agissant par les bains de mer sur la surface libre du corps, une révulsion périphérique, engendrée par la réaction locale. Un effet complémentaire et consensuel doit être demandé à l'action des eaux sulfureuses. Nous savons que ces eaux agissent sur les muqueuses, en exagérant leur vitalité, et en surexcitant toutes leurs aptitudes fonctionnelles. Leurs effets se manifestent d'une manière remarquable dans le système digestif envisagé à son point de vue le plus large, et représenté par le tube intestinal, les vaisseaux chylifères et les organes respiratoires, au sein desquels se complète l'élaboration du sang. La phthisie pulmonaire est souvent préparée de longue main par un vice des fonctions digestives. Lorsqu'on étudie avec soin la marche de cette maladie, on voit que fréquemment son phénomène initial apparent consiste dans un état anormal des organes de la première digestion, révélé par des souffrances variées du tube intestinal. On ne tarde pas à constater, en outre, que les cas pathologiques qui sont le moins susceptibles d'être modifiés avantageusement par les soins hygiéniques et les agents de la matière médicale, sont ceux dans lesquels l'affection tuberculeuse paraît reconnaître pour cause les souffrances de l'estomac et des intestins. En effet, dans cette circonstance, les sources de la nutrition sont taries ou perverties dans leur principe générateur.

Lorsque l'estomac et les intestins sont simplement frappés d'atonie et de débilité primitives où consécutives d'une maladie de ces organes, les Eaux-Bonnes produisent souvent des effets surprenants, en rétablissant les fonctions digestives, la nutrition et les forces générales, d'une manière tout-à-fait inespérée. Les observations qui suivent sont des plus remarquables qu'il soit possible de citer en ce genre.

Madame Sar.... est âgée de 60 ans. Ayant été mariée à 16 ans, elle devint mère de quatre enfants dans l'espace de sept années Elle les allaita tous; mais non sans éprouver un affaiblissement considérable, et même un véritable épuisement. Pendant trois années, sa santé resta compromise, et, de vingt-trois à vingt-six ans, elle fut en proie à des catarrhes pulmonaires très intenses, qui duraient depuis l'entrée de l'hiver jusqu'au printemps. Elle passait alors pour être menacée de phthisie, et rendait quelquefois, dans des quintes de toux violentes, des crachats sanguinolents. Après trois ans de souffrances, tout sembla rentrer dans l'ordre. A vingt-six ans, la santé paraissait rétablie. Pendant les vingt années qui suivirent, aucun accident morbide ne se manifesta ; mais, à l'âge de quarante-cinq ans, commença l'époque critique. Dès lors, l'évacuation menstruelle ne s'opéra plus avec régularité. A quarante-huit ans, les régles avaient complétement disparu. Avec le dérangement de la menstruation commencèrent des désordres du côté de l'estomac. L'appétit était conservé jusqu'à un certain point, mais la région épigastrique devint douloureuse. Les souffrances étaient surtout exaspérées par la pression et par l'ingestion des aliments. Pendant l'acte digestif, les douleurs se propageaient dans le dos et les hypochondres ; la soif était vive, la constipation opiniâtre. Lorsque la menstruation cessa complètement, les accidents gastro-intestinaux prirent une intensité nouvelle, et se continuèrent pendant douze ans avec des alternatives de rémission et d'exacerbation ; toutefois, d'après le récit de la malade, les douleurs étaient tolérables

A l'âge de cinquante-huit ans, cette dame fut affectée d'une légère bronchite qui se dissipa assez promptement : mais bientôt il survint un malaise général indéfinissable, et, trois mois plus tard, sans autres souffrances préalables, des douleurs lancinantes extrêmement vives, accompagnées de fortes pulsations, se firent sentir dans la région de l'estomac. Cette crise ne dura que vingt-quatre heures. Un froid intense avait marqué le début des accidents, qui se reproduisirent plusieurs fois dans la suite à des époques assez rapprochées. Les choses en vinrent à ce point que les douleurs épigastriques, augmentées par la pression et l'ingestion des aliments, acquirent une intensité considérable.

Certaines substances alibiles peu digestibles exaspéraient fortement les accidents, si elles n'étaient promptement rejetées. A cette époque, la présence d'une tumeur ayant son siége dans la région épigastrique, au niveau du pylore, fut constatée par le médecin de la malade, au rapport duquel on peut ajouter une entière confiance. Cette tumeur paraissait avoir le volume d'un gros œuf ; elle était douloureuse à la pression, à peine mobile, peu susceptible d'être exactement circonscrite, et d'une dureté assez considérable. Une émaciation portée à un haut degré, la teinte jaune-paille de la peau jointe aux accidents locaux, firent croire à l'existence d'une tumeur de mauvaise nature.

Cependant, au bout de quelques mois, les choses changèrent de face ; des évacuations alvines copieuses et fréquentes s'établirent ; les matières rendues étaient liquides, gluantes, et contenaient une grande quantité de pellicules. Dès lors le médecin changea d'opinion touchant la nature du mal, et crut à l'existence d'un kyste hydatique, qui se serait vidé dans le tube intestinal. Ce qui se passa depuis confirma pleinement cette manière de voir ; la tumeur disparut, et les symptômes qui en dépendaient se dissipèrent avec elle. Pendant longtemps, chaque évacuation alvine donna issue à des pellicules que le médecin eut occasion d'examiner, et qu'il reconnut être des débris de kystes hydatiques. Quoique la santé se fût notablement améliorée, les douleurs épigastriques se réveillaient de temps en temps, et chaque crise était suivie de l'expulsion de matières gluantes et de débris d'acéphalocystes. Après un court espace de temps, les accidents se calmaient et tout rentrait dans l'ordre.

Pendant la période la plus active de sa maladie, Mme S... ne vivait que de bouillons d'herbes, d'œufs frais et d'un peu de pain ; elle se trouva même réduite, pendant un certain temps, à ne faire usage que de bouillies de blé, de crêmes de riz, etc. Si elle prenait une nourriture un peu substantielle, les douleurs se reproduisaient incontinent. Lorsqu'elle arriva aux Eaux-Bonnes, la malade, déjà mieux portante, mangeait des œufs frais, des cervelles, des épinards, des pommes de terre et du poisson ; elle pouvait aussi prendre du bouillon de veau. Cependant, la faiblesse était si grande qu'on avait supposé, à son départ de chez elle, qu'*elle n'aurait pas la force de faire le voyage*. Il existait une céphalalgie frontale intense ; la région épigastrique était encore douloureuse, les digestions lentes et pénibles, la constipation opiniâtre. La malade n'allait pas à la garde-robe sans le secours des lavements ; l'inappétence était complète ; la langue était large, pâle plutôt qu'injectée ; le centre de cet organe était couvert d'un enduit grisâtre peu épais ; les papilles, surtout celles du pourtour de sa moitié antérieure, étaient hypertrophiées, arrondies ; quelques-unes égalaient en volume un grain de petit millet. Mme S... racontait qu'autrefois, lorsqu'elle éprouvait des exacerbations de sa maladie gastrique, sa langue se tuméfiait. Elle faisait remarquer en outre que pour peu que les souffrances de l'estomac se réveillassent, ou qu'il survînt une digestion difficile, elle ressentait un froid intense aux genoux.

L'exploration de l'abdomen nous donna les résultats suivants :

Le foie, dont le bord supérieur ne s'était pas élevé au-dessus de ses limites normales, était néanmoins augmenté de volume ; son bord inférieur dépassait de six centimètres la dernière fausse-côte correspondante, et son bord interne s'étendait dans l'hypochondre gauche jusqu'au niveau d'une ligne verticale qui divisait la mamelle de ce côté en deux parties égales. Ces limites du foie avaient été établies au moyen de la percussion. La portion de la face convexe de ce viscère, qui était palpable au travers des parois abdominales, était lisse, mollasse et exempte de bosselures, dispositions faciles à saisir, en raison de la flaccidité des parois abdominales. Ces manœuvres ne réveillaient aucune douleur. Le palper délimitait, presque aussi bien que la percussion, la saillie du foie dans la région du flanc droit et dans le creux épigastrique. Il ne restait plus aucun vestige appréciable de la tumeur qui avait jadis eu son siége dans la portion pylorique de la région de l'épigastre. L'abdomen était partout souple et indolore.

L'examen de la poitrine ayant été fait avec soin, on trouva la respiration sèche, courte et faible ; le rapport de l'inspiration à l'expiration, intensité et durée, était approximativement comme 6 : 6. Le bruit respiratoire était plus obscur dans la région scapulaire droite que dans la même région du côté opposé ; il existait en même temps une matité relative très évidente au niveau des fosses sus et sous-épineuses du côté droit. Mme S... ne manifestait aucun symptôme de maladie du côté du thorax : elle contractait seulement des coryzas de temps à autre. Elle affirmait n'avoir pas toussé depuis trente ans.

L'exploration de la région précordiale permit de constater l'existence des symptômes suivants : impulsion du cœur, qui soulevait médiocrement le stéthoscope, bruit de souffle très fort, correspondant au bruit systolique ; le second bruit était remarquable par sa clarté et sa sécheresse. Les dernières côtes correspondant à la région précordiale étaient plus saillantes que celles du côté opposé ; la matité était circonscrite au niveau du cœur dans une médiocre étendue. Les signes d'une maladie de cet organe dataient de loin. Pendant quinze ans, Mme S... n'avait pu se coucher sur le côté gauche. Depuis deux ans, elle pouvait le faire, sans toutefois avoir la faculté de dormir dans cette position. Pendant cette longue période de temps, elle avait éprouvé des palpitations, surtout quand l'atmosphère était froide et humide. Mme S... ressentait encore quelquefois des bourdonnements d'oreilles, symptôme d'une affection cardiaque qui avait spécialement fatigué la malade, mais qui, maintenant, avait perdu de son intensité et de sa fréquence. Le pouls donnait 60 à 64 pulsations par minute ; il était régulier, mou et lent. Il n'existait aucune douleur au niveau de la région précordiale ; il n'y avait pas non plus de palpitations.

Madame S... présentait donc, lorsqu'elle vint aux Eaux-Bonnes : 1° une ancienne maladie, probablement tuberculeuse, des organes respiratoires avec prédominance du dépôt du produit morbide dans la moitié supérieure du poumon droit; 2° une maladie du cœur, passée, comme la lésion précédente, à l'état d'immobilité; 3° les restes d'une maladie du foie, manifestée par une hypertrophie du parenchyme hépatique, et par le développement d'un kyste hydatique de ce viscère; 4° une maladie très-ancienne de l'estomac, qui avait perdu de sa gravité, il est vrai, mais qui était encore caractérisée par de l'épigastralgie, une inappétence prononcée, une difficulté très-grande de digérer les aliments substantiels, et une constipation opiniâtre, caractéristique de l'inertie absolue du tube intestinal.

Dès son arrivée, la malade prit un demi-verre d'eau trois fois par jour; quatre jours plus tard, elle porta la dose à deux verres et un quart; pendant huit jours, elle ne dépassa pas cette quantité. Le douzième jour, elle commença à en boire trois verres dans les vingt-quatre heures. L'amélioration ne se fit pas longtemps attendre. La malade avait commencé l'usage des eaux le mercredi; or, le dimanche suivant, les effets curatifs étaient sensibles. L'appétit s'était déjà déclaré; les forces digestives étaient, dans un court espace de temps, devenues plus énergiques. Le vingt-deuxième jour du traitement, la malade n'avait pas dépassé la dose de trois verres. Cependant, depuis la veille, il s'était déclaré des pesanteurs à l'estomac. Madame S... *était affamée* : c'étaient ses propres expressions. Elle mangeait *dix fois plus qu'à son arrivée.* Sa peau, qui, avant le début du traitement, était sèche, rude et parcheminée, était devenue molle, souple et onctueuse. La malade, dès ce jour, ne but plus que deux verres d'eau. Le vingt-neuf août 1845, trente et unième jour du traitement, elle mangeait en grande quantité, sans éprouver aucune gêne, des viandes de toute espèce, même du gras de veau et de mouton, substances essentiellement difficiles à altérer par les sucs digestifs. L'embonpoint s'était reproduit; la couleur jaune-paille, qui pouvait, au premier abord, faire croire à l'existence d'une cachexie cancéreuse, avait disparu ; les chairs étaient fermes, les forces s'étaient rétablies.

Madame S... revint à Bonnes en 1846, et fit usage des eaux pendant trente-quatre jours. Après les avoir d'abord supportées difficilement, elle arriva à les bien tolérer, et elles produisirent encore une amélioration notable, surtout à dater de l'évacuation d'une masse qui ressemblait aux débris d'hydatides rejetés l'année précédente. Ainsi, la cure se trouva complétée par ce nouvel usage de la médication sulfureuse ; la santé ne s'est pas démentie depuis.

Voici une autre observation, qui prouve combien est grande l'efficacité des Eaux-Bonnes pour le rétablissement des fonctions digestives. M. L.., âgé de quarante ans, était malade depuis deux ans. Sa maladie avait débuté par une bronchite aigüe, qui était passée à l'état chronique, et n'avait jamais cessé complètement depuis. La toux et l'expectoration étaient d'une intensité médiocre ; la respiration était rude et sèche, l'expiration trop prolongée et trop forte par rapport à l'inspiration. Il n'existait d'ailleurs aucun râle, aucun craquement. Le pouls donnait 80 pulsations par minute, il était petit et faible ; la peau était souple, fraîche et humide. Pendant l'hiver de 1846, M. L.. n'eut jamais de fièvre, mais la faiblesse fut extrême, et l'horreur pour le bouillon, pour la viande, et en général pour toutes les substances animales, devint des plus prononcées.

Il vécut durant plusieurs mois avec du lait, de la bouillie de farine d'avoine, etc., etc. Dans le courant du mois de mai 1846, le malade prit quinze bouteilles d'eau de Bonnes; la dose de chaque jour s'élevait à trois verres. Bientôt, l'appétit se prononça un peu, et M. L... put manger de la viande, ce qui lui avait été impossible depuis près de deux années. La constipation avait été des plus rebelles, il gardait les matières fécales pendant huit et même quinze jours. Le ventre commença à devenir moins paresseux, à mesure que les forces digestives reprenaient de l'activité. Le 16 juin 1846, M. L... se rendit aux Eaux-Bonnes; il y prit d'abord deux verres d'eau dans les vingt-quatre heures. Le quatrième jour, il porta la dose de ce médicament à trois verres; le huitième jour, l'appétit était *vorace* et le malade était obligé de se faire violence pour ne pas prendre une trop grande quantité d'aliments. Déjà, les évacuations alvines s'effectuaient chaque deux jours avec régularité. On voit, par les deux exemples précédents, combien est grande l'influence de l'eau sulfureuse de Bonnes sur les fonctions gastro-intestinales.

C'est donc dans le but de fortifier les organes de la digestion, qu'il faut administrer les Eaux-Bonnes aux enfants et aux adolescents, mais à titre de remède préventif. C'est encore à titre de prophylactique des congestions pulmonaires, favorisées par l'atonie et la laxité du tissu muqueux, qu'il est nécessaire de faire usage de ces mêmes eaux. C'est enfin pour favoriser chez les jeunes filles l'établissement du flux cataménial, retardé par cette débilité qui tient de si près à la cachexie chlorotique, qu'il est encore indiqué d'employer le même agent médicamenteux. Les alternatives des bains de mer et des eaux sulfureuses impriment à toutes les surfaces de rapport, aux systèmes vasculaire et glanduleux, ainsi qu'aux éliminations sécrétoires, une salutaire activité. Ces stimulations de la vie, effectuées dans un but déterminé, neutralisent par leur action répétée et dirigée avec méthode les tendances vicieuses originellement dévolues à l'organisme vivant. Mais il faut surtout utiliser leur salutaire influence, pendant que ce dernier traverse ces phases successives de son évolution, à la suite desquelles il doit se trouver définitivement constitué à l'état de culmination et de fixité organiques. A ce prix seulement, on prévient les pernicieux effets des prédispositions héréditaires : celles-ci marchent en quelque sorte, d'après les procédés de l'*évolution spontanée*, à la réalisation des affections morbides, et à la génération des produits anormaux caractéristiques de ces dernières. C'est assez dire que le développement des maladies tuberculeuses, qui procèdent *ex geniturâ*, doit être prévenu par une série non interrompue d'actions modificatrices, coordonnées avec méthode et reproduites avec persévérance. C'est à la prophylaxie des maladies chroniques héréditaires, et à celle de la phthisie pulmonaire en particulier, qu'on peut appliquer cette sentence du chancelier Bacon : *quœ in naturâ eximiè possunt et pollent, sunt ordo, prosecutio et vicissitudo artificiosa.*

Alors donc qu'on voudra s'opposer efficacement au développement des maladies organiques de la poitrine, maladies dont le germe se retrouvera dans la prédisposition originelle, ce ne sera pas pendant une année seulement qu'il faudra faire usage des moyens que nous conseillons, mais pendant plusieurs années consécutives. Les bains de mer de Biarritz, à cause de leur proximité des Eaux-Bonnes, sont susceptibles de rendre des services signalés ; car, dans la même saison, on pourrait, en employant convenablement le temps, prendre deux fois les Eaux-Bonnes, et intercaller l'usage des bains de mer entre la première et la seconde période de l'administration de ces eaux.

Cette donnée thérapeutique est du plus haut intérêt. Je me propose de l'exposer plus tard et de lui donner tous les développements qu'elle mérite ; je ne fais que la signaler aujourd'hui. Je dois dire, néanmoins, qu'elle n'est pas pour moi à l'état de simple utopie, et que je l'ai utilisée depuis quelques années au bénéfice bien évident et bien réel de plusieurs malades menacés de phthisie tuberculeuse, ou déjà atteints de cette maladie au premier degré. C'est donc à titre de prophylactique des maladies chroniques des organes pectoraux, que je préconise l'usage souvent répété des Eaux-Bonnes ; c'est sur le terrain de la médecine préventive qu'il faut désormais transporter le traitement de l'affection tuberculeuse, et de toutes les maladies chroniques héréditaires. Assez longtemps cette idée n'a été qu'une théorie spéculative ; il est urgent qu'elle se traduise en acte.

Nous voyons très-souvent des enfants ou des adolescents affectés d'une bronchite ou d'une bronchorrhée chronique, qui date des premiers mois de l'existence, ou qui a succédé à la variole, à la rougeole, à la coqueluche, etc., etc. On peut constater que ces affections de la muqueuse pulmonaire se perpétuent principalement chez les sujets lymphatiques et scrophuleux, et se compliquent assez souvent de l'engorgement des ganglions cervicaux et bronchiques. Qui peut nous dire où aboutiront en définitive ces maladies thoraciques, alors même qu'on les suppose pour le moment bornées à la muqueuse des bronches et exemptes de toute altération organique? Quelle influence fâcheuse n'exercent-elles pas sur le développement de l'économie entière, en tant qu'elles représentent une source perpétuelle de déperdition secrétoire, et en tant surtout qu'elles vicient plus ou moins l'acte de l'hématose, cet acte nutritif et réparateur par excellence, et dont l'activité incessante est prochainement nécessaire au maintien de l'existence ? Il est donc urgent de combattre sans relâche, par tous les moyens appropriés et par l'usage répété des Eaux-Bonnes, les maladies des organes pulmonaires dont je signale l'existence chez les enfants en bas âge, et chez les sujets non encore arrivés à l'époque de l'adolescence ou de la puberté. La médication sulfureuse, portée sur ce terrain, est encore préventive des dégénerescences organiques du poumon.

Période apyrétique des maladies aiguës. — La dernière période de toutes les maladies aiguës qui attaquent l'arrière-gorge, le larynx, la muqueuse bronchique et le parenchyme pulmonaire, est combattue d'une manière très-avantageuse par l'usage des Eaux-Bonnes. On n'ignore pas qu'Antoine Bordeu administrait ces eaux dans ce qu'il appelait *les aiguës allongées*, et que, d'après ses propres expressions, elles lui tenaient lieu dans cette occurrence de kermès minéral. Cabanis, après Bordeu, a très-instamment préconisé l'usage du soufre dans le traitement de la période apyrétique et de déclin des affections catarrhales aiguës. C'est pour remplir les indications signalées par Bordeu et par Cabanis, que nous avons conseillé déjà d'administrer les Eaux-Bonnes, dans le but de faire disparaître les suites des maladies pulmonaires qui compliquent à des degrés variables les exanthèmes dévolus plus spécialement à l'enfance Les engorgements qui peuvent être la suite des congestions ou des phlegmasies pulmonaires, symptômatiques ou concomitantes de l'affection typhoïde, rentrent dans la même catégorie de faits pathologiques, et sont susceptibles d'être avantageusement combattus par le même moyen. Les inflammations aiguës bornées aux grosses bronches, ou propagées jusque dans les radicules capillaires de l'arbre aérien, la bronchite spécifique, connue sous le nom de grippe, qui laisse si souvent après elles des atteintes fâcheuses portées à l'intégrité de la texture parenchymateuse des organes respiratoires, les pneumonies et les péripneumonies compliquées ou non d'épanchement séreux ou séro-purulent colligé dans la cavité des plèvres, trouvent très-souvent un remède résolutif doué de propriétés héroïques dans les préparations sulfureuses. Les Eaux-Bonnes ne peuvent donc manquer d'être utiles dans cette période des maladies inflammatoires ou catharrhales de la poitrine.

On comprend qu'on ne peut pas arriver sur les lieux pour prendre les eaux à cette époque de déclin des maladies aiguës du thorax, et alors que les symptômes généraux ont disparu depuis peu de temps, en laissant subsister des engorgements dans les organes qui primitivement avaient été le siége de la maladie. Mais, dans ce cas, on peut user avec avantage des Eaux-Bonnes transportées. Ce n'est que lorsque des catarrhes, des pneumonies ou des pleuropneumonies, sont passés, malgré tous les efforts de la thérapeutique ordinaire, à l'état de chronicité, que les Eaux-Bonnes peuvent être administrées sur les lieux. Dans cette circonstance, elles constituent une ressource précieuse, et, données longtemps et à plusieurs reprises, s'il en est besoin, elles amènent la résolution de certains engorgements dont on solliciterait vainement la disparition par tout autre moyen. C'est donc dans les cas que je viens d'énumérer, que l'administration des Eaux-Bonnes est particulièrement utile.

Maladies de l'arrière-gorge et du larynx. — La membrane muqueuse naso-gutturale, le larynx et la trachée-artère sont souvent atteints simultanément de la même maladie; tout comme les fosses-nasales, l'arrière-gorge, l'organe de la voix et le conduit trachéal peuvent être affectés séparément. Assez fréquemment le mal, après avoir eu pour siége la muqueuse nasale, s'est propagé successivement au pharynx, à la cavité laryngienne, à la trachée-artère et aux bronches elles-mêmes. Ce sont le plus souvent des fluxions répétées un grand nombre de fois sur les parties que je viens d'énumérer, qui finissent par amener l'hypertrophie, l'induration, l'érosion ou l'ulcération plus ou moins profonde de la muqueuse naso-gutturale et laryngée, ainsi que du tissu cellulaire sous-jacent. Les ravages de la maladie ne se bornent pas toujours à la membrane muqueuse et au tissu cellulaire qui lui sert d'enveloppe extérieure; mais les os et les cartilages situés plus profondément, comme les cornets des fosses nasales et les cartilages du larynx, sont parfois eux-mêmes affectés de nécrose ou de carie. Toutes ces altérations, que nous venons d'envisager exclusivement au point de vue anatomo-pathologique, constituent l'élément matériel et purement organique des maladies que l'on a désignées sous les noms de coriza chronique, d'ozène et de blennorrhée du nez, d'angine, de pharyngite, de laryngite, de phthisie laryngée ou trachéale, etc., etc.

Les symptômes les plus saillants de ces diverses maladies sont la difficulté de la respiration nasale et de la déglutition, les douleurs fixes, la chaleur, les sensations de titillation, de sécheresse, d'érosion, de brûlure, de perforation, etc., etc. Dans l'arrière-gorge ou au niveau du larynx et de la trachée, le nasillement, la raucité, la stridulence, le chevrottement ou l'abolition de la voix, la toux suivie de l'expectoration de crachats grisâtres ponctués de taches jaunes, ou parsemés de stries et de sang, etc., etc.; la rougeur du voile du palais et de la paroi postérieure du pharynx, les granulations pharyngiennes, la tuméfaction des amygdales, etc., etc.

Toutes ces maladies, ou plutôt cette unique maladie qui a reçu différents noms, selon le siège qu'elle occupe ou le degré d'altération anatomo-pathologique déjà accompli dans les organes qu'elle attaque; toutes ces maladies, dis-je, sont ou simplement inflammatoires ou dépendantes de l'existence d'une diathèse dont elles ne sont que l'expression symptômatique. C'est lorsque ces maladies affectent une marche essentiellement chronique, c'est surtout lorsqu'elles pourraient recevoir la qualification *d'asténiques, de scrofuleuses, de catarrhales*, etc., etc., lorsqu'elles n'ont pas désorganisé les tissus d'une manière irrémédiable, c'est, dis-je, dans de pareilles circonstances, que les Eaux-Bonnes produisent des effets curatifs surprenants, et qu'on essaierait en vain de contester. L'affinité élective de ces eaux pour les organes malades se révèle d'une manière évidente, et l'action exercée sur ces derniers par leurs propriétés dynamiques et spécifiques les modifie profondément, en les rendant à leur état normal. La toux et l'expectoration laryngées, la raucité de la voix, l'aphonie et tous les autres symptômes de l'arrière-gorge et du larynx disparaissent, soit pendant l'usage des eaux, soit dans les premiers mois qui suivent la cessation de leur emploi. Écoutons à ce sujet le professeur Trousseau qui, secouant le joug des préventions, n'a voulu se laisser dominer que par la puissance des faits : « Beaucoup de médecins, dit-il, ceux principalement qui ont embrassé les opinions de la nouvelle école française, relèguent presque parmi les fables les faits de guérison rapportés par Bordeu et par tant d'autres sur l'efficacité des Eaux-Bonnes dans le traitement des maladies de poitrine. Mais ceux qui ont étudié sur les lieux les effets des eaux des Pyrénées, ceux qui ont l'occasion d'y envoyer leurs malades très évidemment atteints de tubercules pulmonaires, peuvent constater les cures admirables que l'on obtient tous les ans par cette médication puissante. Aussi ne doit-on jamais négliger l'usage des eaux sulfureuses de Bonnes dans le traitement des diverses formes de la phthisie laryngée. (Trousseau, *Traité de la Phthisie laryngée*, pag 373.) »

Catarrhe pulmonaire. — Les Eaux-Bonnes peuvent être considérées comme un remède souverain dans le traitement des maladies pulmonaires que l'on a désignées sous les noms de *catarrhe chronique*, de *bronchorrée*, de *catarrhe atonique*, de *phthisie muqueuse ou pituiteuse*, de *blennorrhée du poumon ou des bronches*, de *catarrhe consécutif*. Dans la maladie que je signale actuellement, les poumons sont frappés d'épuisement et d'atonie; tantôt l'expectoration est muqueuse, visqueuse et tenace, tantôt l'excrétion facile d'une matière puriforme et même purulente ruine les forces du malade, de manière à faire croire, dans certaines circonstances exceptionnelles, à l'existence d'une consomption pulmonaire tuberculeuse, arrivée à sa dernière période. Ce catarrhe consomptif amènerait en effet la mort du malade, si la médication sulfureuse ne nous offrait, dans cette occurrence, une précieuse et puissante ressource. Ce sont les maladies de cette espèce que les anciens médecins avaient rangées dans la classe des *tabes* ou marasmes par suite d'épuisement des sucs et des forces. L'expérience prouve que l'expectoration peut ainsi se continuer pendant des années entières, et même pendant plusieurs années consécutives, sans qu'il survienne une véritable phthisie avec destruction du parenchyme pùlmonaire. Des autopsies répétées permettent d'affirmer que la mort est amenée simplement par des évacuations morbides exagérées. Bayle, Laënnec et beaucoup d'autres auteurs ont fourni des preuves matérielles de l'opinion que j'avance. C'est dans des cas de cette nature, qui paraissent désespérés, et qu'il est facile de diagnostiquer aujourd'hui à l'aide de nos moyens physiques d'investigation, que les Eaux-Bonnes peuvent être considérées comme un moyen héroïque. C'est encore dans ces cas, que les sueurs nocturnes, que la diarrhée, que le pouls vite et fréquent, que la fièvre hectique, qui n'est pas toujours le symptôme d'une inflammation chronique, ne constituent pas une contre-indication de ces eaux, prises même à des doses considérables. C'est sans doute dans des circonstances analogues ou identiques, qu'entre les mains d'Antoine et de Théophile Bordeu, les Eaux-Bonnes ont produit des guérisons qui ont pu être regardées comme miraculeuses.

La maladie que je viens de signaler n'est pas toujours simple, elle est assez souvent compliquée de phthisie tuberculeuse à divers degrés: or, lorsque cette dernière maladie n'est pas arrivée à sa période ultime, lorsque les tubercules sont encore à l'état de crudité, et même lorsque l'auscultation nous prouve qu'ils tendent au ramollissement, il est encore indiqué de recourir à la médication hydro-sulfureuse, parce que le flux catarrhal et l'engouement des bronches capillaires ayant disparu, les tubercules peuvent rester stationnaires, passer à l'état crétacé, et rester enveloppés d'un kyste au sein du parenchyme pulmonaire, sans fournir des signes de leur existence, pendant une période de temps dont la durée est indéfinie. Des faits de cette nature se présentent assez fréquemment.

Les Eaux-Bonnes agissent dans les cas que je signale actuellement, non-seulement par l'action résolutive et tonique qu'elles exercent sur le poumon d'une manière en quelque sorte spécifique, mais encore en rétablissant les fonctions de l'organe cutané, presque toujours plus ou moins abolies. Or, on sait que la diminution ou la suppression de l'excrétion sudorale, que certains auteurs ont désignée sous les noms d'ischidrose et d'anidrose chroniques, engendre, surtout à la surface des membranes muqueuses, des flux antagonistes, connus sous le nom de catharrhes. Le rétablissement des évacuations humorales, fournies habituellement par la peau, et la vitalité nouvelle imprimée à cette enveloppe par l'usage des Eaux-Bonnes, préviennent la récidive des maladies pectorales, en même temps qu'elles rendent ceux qui en étaient affectés moins impressionnables à l'action des changements brusques de la température, du froid humide, etc., etc. Les personnes simultanément atteintes des fluxions rhumatiques et catarrhales se trouvent surtout bien de l'usage des Eaux-Bonnes, parce que ces fluxions reconnaissent très souvent pour cause la suppression plus ou moins complète de l'excrétion cutanée.

Asthme. — L'asthme est une maladie que l'on a cherché à rattacher comme symptôme aux altérations du cœur et des gros vaisseaux, et aux diverses variétés de l'emphysème pulmonaire, etc., etc. Bien que certaines dyspnées, manifestées par accès, coïncident assez souvent avec les altérations anatomiques dont je parle, et en dérivent même d'une manière plus ou moins directe, néanmoins l'asthme véritable, caractérisé au début par une période nerveuse essentiellement spasmodique, laquelle est elle-même suivie d'un engouement pulmonaire et d'une excrétion ordinairement abondante de mucosités, reste toujours une maladie distincte. Cette maladie peut être compliquée d'emphysème, de tubercules, d'altération organique du cœur et de l'aorte; mais encore, dans les cas de cette dernière espèce, l'asthme ne cesse pas d'être lui-même, c'est-à-dire une maladie *sui generis*.

Ce qui caractérise l'asthme, c'est la répétition de mouvements fluxionnaires apyrétiques dirigés sur le poumon, précédés d'une dyspnée extrême, et dont la solution critique se rencontre le plus souvent dans l'expectoration d'une quantité variable de matière muqueuse accumulée dans les divisions de l'arbre bronchique. Les auteurs ont distingué des espèces ou plutôt des variétés nombreuses de l'asthme, et pour établir ces distinctions, ils se sont souvent appuyés sur certaines circonstances de nature ou de causalité, dans le but d'établir leurs indications thérapeutiques d'une manière mieux appropriée à la guérison de la maladie. Les variétés que les pathologistes praticiens ont désignées sous les noms d'*asthme métastatique, séreux, catarrhal, atonique, arthritique*, etc., etc., peuvent surtout être modifiées avantageusement par l'usage des Eaux-Bonnes. L'asthme métastatique est, ainsi qu'on le sait, celui qu'on est en droit d'attribuer à la suppression d'anciens ulcères ou de maladies cutanées. L'asthme séreux a été considéré comme un résultat de la suppression chronique de la transpiration cutanée, comme un effet de la diathèse rhumatismale, et, chez certains vieillards, comme une conséquence de la diminution de la secrétion urinaire. L'asthme catarrhal, que l'on a aussi désigné sous les noms *d'asthme humide et de blennorrhée asthmatique des poumons*, est caractérisé par une secrétion plus abondante de crachats muqueux ou purulents, qui, pendant l'accès, engouent les conduits bronchiques et même les vésicules pulmonaires. Cette variété de l'asthme se lie assez souvent à une faiblesse générale de la constitution et à une débilité locale des organes respiratoires. Il existe même parfois une sorte d'infiltration séreuse ou séro-muqueuse du parenchyme du poumon, ce qui constitue un véritable œdème de cet organe. Dans quelques-uns des cas que je signale, l'asthme a encore pris le nom d'*asthme atonique ou adynamique*, parce que la faiblesse générale ou locale est une complication de la maladie qui subordonne, au moins momentanément, sa thérapeutique. L'asthme arthritique est celui que des nosographes et des pathologistes, J. Frank entre autres, ont cru pouvoir rattacher à une manifestion anormale de l'affection goutteuse; de même que l'asthme séreux, dont nous avons parlé plus haut, n'est le plus souvent aux yeux de quelques auteurs anciens qu'une maladie pulmonaire de nature rhumatismale.

Lorsque l'asthme mérite les dénominations que je viens de lui attribuer, il est susceptible d'être avantageusement modifié par l'administration des Eaux-Bonnes, à condition qu'on en usera pendant longtemps, et à plusieurs reprises, dans l'intervalle des accès. Ces eaux s'attaquent, dans la circonstance présente, à l'atonie des bronches, à l'engouement de ses conduits, dont la muqueuse est boursoufflée, épaissie, abreuvée de liquides, soit répandus à la surface libre, soit renfermés dans ses vaisseaux capillaires distendus et relâchés. Sous l'influence de la stimulation sulfureuse, les radicules bronchiques reprennent leur tonicité et leur contractilité normales, les vaisseaux du poumon subissent les mêmes modifications; les matériaux du sang, épanchés dans les interstices de cet organe, rentrent dans le torrent circulatoire, et après une expectoration plus abondante et plus facile qui a dégorgé le poumon, on voit les attaques d'asthme s'éloigner, devenir moins fortes ou disparaître complètement.

Hémoptysie. — L'hémoptysie est souvent un symptôme de diverses maladies du poumon, du cœur et des gros vaisseaux, ainsi que je l'ai déjà dit ailleurs. Cependant, il ne faut pas tomber, à ce point de vue, dans des exagérations qui seraient préjudiciables aux malades. La surface des bronches peut devenir le siége d'une exhalation sanguine, tout aussi bien que les muqueuses nasales, gastriques, intestinales, etc., etc., et cela, en dehors de toute lésion organique développée dans le parenchyme du poumon. En outre, chez les femmes, l'hémoptysie tient souvent à l'existence d'une dysménorrhée ou d'une aménorrhée complète; dans ce cas, elle constitue une simple déviation de l'excrétion catameniale. L'hémorragie pulmonaire peut aussi reconnaître pour cause le changement de direction d'un autre flux sanguin, des hémorrhoïdes par exemple. L'état scorbutique peut également favoriser l'exhalation du sang à la surface des bronches ou dans les interstices du tissu du poumon. Le sang peut enfin s'extravaser au niveau de ces mêmes parties, frappées d'une débilité profonde. Joseph Franck distingue, avec quelque raison, une hémoptysie scorbutique et une hémoptysie atonique. Nous voyons parfois des crachats rouillés, noirâtres, semblables à du chocolat, être expectorés par des malades affectés de blennorrhée purulente des bronches, compliquée ou non de tuberculisation. Evidemment dans ce cas, l'exhalation hématique est sous l'influence de l'asthénie des tissus, et probablement aussi de l'absence de plasticité du sang, dont l'élément fibrineux a subi une diminution notable. Bordeu a guéri par l'administration des Eaux-Bonnes des métrorrhagies atoniques; les hémoptysies de même nature doivent être guéries par le même moyen. Pour avoir changé de siége, la perte de sang n'a pas changé de caractère. Les apoplexies pulmonaires, accompagnées ou non d'extravasation sanguine à la surface des bronches et d'expuition de sang, constituent encore des pneumorrhagies qui peuvent n'avoir aucun rapport avec une altération préalable du parenchyme des poumons. Enfin l'hémoptysie n'est souvent qu'une complication de la phthisie tuberculeuse, mais encore dans ce cas, elle peut garder son caractère d'atonie et de passivité.

S'il faut attendre, ainsi que je l'ai déjà dit autre part, que la fièvre soit tombée pour administrer les Eaux-Bonnes, après une hémoptysie qui a revêtu les caractères d'une maladie sthénique, et qui a été subordonnée à l'existence d'une fluxion active, il est au contraire indiqué de faire prendre ces eaux immédiatement, lorsque cette maladie présente les signes de l'état scorbutique, de l'atonie et de la passivité; lorsque des crachats muqueux ou puriformes sont imprégnés de sang noirâtre; lorsqu'en même temps il y a apyrexie et que la fréquence du pouls peut être mise sur le compte de la gêne éprouvée par la circulation dans le parenchyme des poumons. En effet, personne n'ignore que l'existence de la fièvre ne peut pas être déduite de la seule fréquence du pouls.

Les Eaux-Bonnes peuvent en outre, en rétablissant le flux menstruel ou le flux hémorrhoïdal, faire cesser une hémoptysie entretenue par une déviation de l'une ou l'autre de ces deux évacuations sanguines, de même qu'on voit d'autres emménagogues, les préparations iodurées par exemple, amener de semblables résultats. Enfin, l'usage des Eaux-Bonnes peut être encore très utile pour amener la résorption des résidus hématiques, laissés dans le parenchyme pulmonaire par une hémorrhagie interstitielle, quelle qu'ait été primitivement la cause de celle-ci. L'indication de ce médicament est positive lorsqu'on n'a plus affaire qu'aux résultats éloignés d'une extravasation sanguine, même primitivement active. On peut constater tous les jours les heureux résultats de l'usage des Eaux-Bonnes, dans les circonstances dont je parle. Attendre que les accidents généraux se soient dissipés, que la fièvre n'existe plus, que les signes évidents d'irritation pectorale se soient calmés; administrer les eaux avec circonspection et retenue, telles sont les conditions auxquelles le médecin doit subordonner l'emploi de ces dernières, dans le cas spécial dont il s'agit. Voici un fait qui démontre qu'un engorgement du poumon consécutif d'une hémoptysie, a été résorbé sous l'influence de la médication hydro-sulfureuse.

M T... est âgé de 29 ans; il exerce une profession qui depuis plusieurs années exige de grands efforts de voix; son père et sa mère ont été exempts de maladies de poitrine. Au mois de septembre 1844, sans aucun autre symptôme préalable qu'une petite toux sèche qui ne se reproduisait que de loin en loin, le malade rend, en faisant un léger effort de toux gutturale, un petit grumeau de sang. Quinze jours plus tard, à la suite d'une fatigue assez considérable, la fièvre survient, et avec elle coïncide une légère pneumorrhagie. Il évalue le sang expectoré à un quart de verre. Ces accidents se dissipent; mais un mois et demi s'est à peine écoulé, qu'une hémoptysie beaucoup plus intense se déclare. Depuis que ce malade a éprouvé cette dernière et copieuse hémorrhagie pulmonaire, la petite toux sèche qui le fatiguait auparavant a complètement disparu; jamais il n'a éprouvé aucune douleur dans la poitrine, il n'en éprouve pas actuellement; il a même repris l'embonpoint qu'il avait perdu. Les voies digestives sont exemptes de toute altération, le malade mange beaucoup et digère bien; il éprouve néanmoins de temps en temps des alternatives de constipation, de coliques et de dévoiement. Il y a deux ans, il s'était manifesté des signes de fluxion hémorrhoïdale, lesquels ont disparu depuis l'apparition de l'hémorrhagie pulmonaire.

Les bruits du cœur sont normaux, ainsi que tout ce qui se rapporte à l'exécution des fonctions de cet organe; le pouls donne de 65 à 70 pulsations par minute, il est petit, vite, faible ; les pommettes sont injectées et colorées en rouge. A toutes les heures de la journée, la peau présente sa chaleur naturelle.

L'arrière-gorge est rouge, et la muqueuse qui tapisse cette région est tuméfiée ; il n'existe point de douleur, même à la pression, dans le trajet du larynx et de la trachée ; la voix a perdu de sa force et de son étendue. A peine si le malade tousse deux ou trois fois dans la journée, la toux n'est pas suivie d'expectoration ; il n'existe pas de dyspnée; la région sous-claviculaire droite est déprimée d'une manière assez sensible ; dans les grandes inspirations, les côtes s'écartent moins au niveau de cette région que dans le point correspondant du côté opposé. La matité relative est très évidente dans toute la moitié droite du thorax ; le retentissement de la voix est bien marqué du même côté dans la région sous-claviculaire et mammaire, ainsi que dans les fosses sus et sous-épineuses. *La respiration est nulle au niveau de la fosse sus-épineuse droite*, elle est obscure et rude au niveau de la fosse sous-épineuse du même côté. Dans cette région, l'inspiration est à l'expiration comme 6 : 6 ; l'expiration surtout est râpeuse. En avant, dans la région sous-claviculaire, il existe un bruit de froissement pulmonaire : la respiration est faible et sèche ; elle tend au souffle bronchique.

Dans le côté gauche, le bruit respiratoire est sec, exagéré, il y a absence de tout retentissement vocal; la sonorité est beaucoup plus considérable qu'à droite, elle est même normale, si on la considère d'une manière absolue. Les bruits du cœur sont perçus trop fortement au-dessous de la clavicule droite.

En 1845, un médecin célèbre de la capitale avait ordonné au malade de boire un verre d'eau de Bonnes le matin et un autre verre le soir; il se conforma à cette prescription pendant vingt jours. Au bout de ce temps, les effets stimulants des Eaux-Bonnes se manifestèrent d'une manière non équivoque. Le pouls, qui dès le principe du traitement ne donnait que soixante-cinq à soixante-dix pulsations par minute, en donnait cent dans le même espace de temps; Il était petit, mais vîte, vif, comme convulsif. Des hémorrhagies nasales spontanées se déclarèrent; elles se répétaient plusieurs fois dans la journée, sans provocation aucune, ou bien lorsque le malade se mouchait. Le sang coulait chaque fois abondamment et longtemps. Ces extravasations sanguines se reproduisirent pendant quatre jours consécutifs; dès le début de cette complication, l'usage des eaux fut suspendu pour ne pas être repris. Heureusement pour le malade, la congestion sanguine porta à peu près exclusivement sur la muqueuse des fosses nasales, et l'exhalation hématique s'opéra à sa surface.

Le 2 juin 1846, M. T... revint à Bonnes, sa voix avait repris sa force et la pureté de son timbre primitif. Il y prit les eaux jusqu'au 14 juillet. Il commença par en boire un verre dans les vingt-quatre heures. Au bout de quinze jours, il était arrivé à en prendre trois verres ; jamais il ne dépassa cette dose. Le 12 juillet, les eaux commencèrent à peser un peu sur son estomac ; il en cessa définitivement l'usage le 14 du même mois.

Voici les résultats fournis à cette époque par la percussion et l'auscultation de la poitrine. La sonorité était la même dans les fosses sus et sous-épineuses des deux côtés ; à peine si une légère matité relative existait encore au-dessous de la clavicule droite. Le bruit respiratoire était très distinct et même fort, au niveau de l'omoplate du côté droit ; mais il présentait un peu de rudesse. L'inspiration était à l'expiration, intensité et durée, comme 8 : 8 ; sous la clavicule droite, l'oreille ne percevait plus de bruit de froissement pulmonaire ; il n'existait aucun râle ni aucun craquement dans aucun point du poumon.

Ainsi, là où un an auparavant la respiration *était nulle*, le bruit respiratoire se trouvait rétabli ; là où à la même époque la matité *était très prononcée et très évidente*, cette même matité n'existait plus. Il est inutile de dire que l'hémoptysie ne s'était pas reproduite. Evidemment, les matériaux du sang, infiltrés dans le parenchyme du poumon droit, avaient été résorbés, et les vésicules aériennes étaient de nouveau devenues perméables

Phthisie tuberculeuse. — La phthisie tuberculeuse est-elle susceptible d'être avantageusement modifiée par l'usage des Eaux-Bonnes? Pour résoudre cette question, il faut d'abord se représenter quels sont les procédés naturels au moyen desquels la force médicatrice amène la guérison absolue ou relative de cette maladie. Les auteurs les plus récents ont avancé que le tubercule pouvait être guéri, de diverses manières et à diverses phases de son évolution : 1° par absorption ; 2° par séquestration ; 3° par transformation crétacée ; 4° par transformation mélanique ; 5° par élimination. MM. Fournet et Boudet ont pensé que la matière tuberculeuse était susceptible d'être reprise par les absorbants. D'après le premier de ces observateurs, l'absorption serait opérée par un kyste fibreux développé autour de cette production anormale. La séquestration consisterait dans le développement d'une pseudo-membrane particulière, organisée à la périphérie des tubercules crus ou ramollis. Ces derniers se trouveraient ainsi isolés au milieu du parenchyme des poumons, et leur présence serait compatible avec la vie. La transformation crétacée est un mode de guérison relative, beaucoup plus réel et beaucoup mieux établi que l'absorption et la séquestration. La matière crétacée se dépose au sein du tubercule, le dépôt commence par le centre et de là rayonne vers la circonférence. A mesure que le travail de pétrification s'opère, le tubercule s'indure et diminue de volume. En même temps, un kyste se développe autour de la concrétion pierreuse, et isole celle-ci des tissus environnants qui se rétractent et reviennent sur eux-mêmes.

Les tubercules crétacés sont composés de 0,701 de sels solubles et de 0,195 de sels insolubles. Les sels solubles sont le chlorure de sodium, le phosphate et le sulfate de la même base. Les sels insolubles sont le phosphate et le carbonate de chaux. Les ingrédients chimiques qui constituent le tubercule crétacé, chose remarquable, sont exactement les mêmes que ceux dont se composent les cendres des tubercules crus. Dans la transformation mélanique, on voit une matière noire se substituer à la matière tuberculeuse qui disparaît. L'élimination de cette dernière suppose son ramollissement préalable, l'inflammation ulcéreuse du poumon, et la formation d'une plaie communiquant avec les bronches. Lorsque dans cette terminaison de la maladie la guérison s'effectue, le travail de réparation affecte plusieurs formes distinctes. M. Rogée, fondé sur des recherches nombreuses d'anatomie pathologique, admet dans cette dernière hypothèse quatre espèces de cicatrices : 1° cicatrice avec persistance de la cavité ; 2° cicatrice avec amas de matière crétacée ou calcaire qui remplit la cavité ; 3° cicatrice fibro-cartilagineuse ; 4° cicatrice celluleuse.

Si la résorption de la matière tuberculeuse est un fait réel de physiologie pathologique, les Eaux-Bonnes ne peuvent que venir en aide à ce travail médicateur de la nature. Comme nous ignorons par quel mécanisme et sous l'influence de quelles causes s'effectuent les transformations crétacée et mélanique, nous ne saurions assigner avec la même certitude un rôle à l'action thérapeutique de ces eaux dans l'acte de cette transformation. Nous en dirons autant de la séquestration, qui est un autre mode de guérison relative fort douteux, et, dans toute hypothèse, très-peu commun. Ce qu'il y a de beaucoup plus positif au sujet de l'influence des Eaux-Bonnes dans le traitement de la période de crudité de la phthisie tuberculeuse, c'est que leur usage fait disparaître les bronchites, les catarrhes, les bronchorrées, l'œdème, les engorgements hypostatiques et les résidus matériels des phlegmasies qui peuvent compliquer la phthisie pulmonaire. Ce qui n'est point douteux, c'est que l'action résolutive des Eaux-Bonnes s'exerce sur les engorgemens interstitiels du tissu du poumon, et sur les infiltrations plastiques, déposées dans la trame cellulo-vasculaire du parenchyme de ce même organe, autour des granulations tuberculeuses. Un des résultats de la médication hydro-sulfureuse consiste donc dans la destruction de la complication que je viens d'indiquer. En résumé, que le tubercule se résorbe, qu'il s'enkyste à l'état crétacé, à l'état mélanique ou sous sa forme primitive, on aperçoit également l'opportunité d'une médication résolutive, telle que celle effectuée par l'usage des Eaux-Bonnes.

Sous l'influence de ces changements anatomiques

accomplis dans la trame intime des organes respiratoires, le champ de l'hématose reprend une étendue qu'il avait perdue ; les râles muqueux, sous-crépitants et crépitants, se dissipent ; la dyspnée, la toux et l'expectoration diminuent ou disparaissent entièrement. Le sommeil, les forces et l'embonpoint succèdent à la faiblesse, à l'émaciation et à l'insomnie. Ces effets ne sont pas les seuls amenés par cette médication : les forces digestives languissantes se réveillent et tous les organes qui concourent à l'acte nutritif, depuis les surfaces muqueuses de l'appareil gastro-intestinal, jusqu'à cette autre surface au niveau de laquelle s'accomplit l'acte de l'hématose, retrouvent une activité nouvelle. Ainsi ramené à de meilleures conditions de réparation et d'assimilation, l'organisme est à même de lutter plus efficacement contre un dépôt nouveau de matière tuberculeuse. Ce qu'il y a de bien positif, c'est que, de quelque manière qu'on explique l'amélioration survenue surtout chez les sujets atteints de tuberculisation pulmonaire au premier degré, cette amélioration est fréquente, positive, bien réelle et souvent durable. Ces changements favorables ont surtout des chances d'être produits, lorsque les malades sont doués d'un tempérament lymphatique, d'une sensibilité obtuse, d'une irritabilité peu prononcée. L'existence de la diathèse scrofuleuse et la marche lente affectée spécialement par la phthisie héréditaire, sont encore des circonstances relativement heureuses et qui militent en faveur de l'usage des Eaux-Bonnes. C'est donc dès le début de cette maladie, et lorsqu'elle est encore à sa première période, qu'il faut se hâter d'avoir recours à l'administration de ces eaux. On ne saurait trop insister sur ce précepte, d'autant plus qu'aujourd'hui il est facile de diagnostiquer la maladie, avant qu'elle ait fait des progrès qui plus tard pourraient devenir irrémédiables.

Mais alors même que le ramollissement de la matière tuberculeuse serait effectué, et que des excavations ulcéreuses seraient creusées dans la profondeur du poumon, l'expérience nous autorise à affirmer qu'il ne faudrait pas renoncer complètement à tout espoir de guérison. Des faits bien constatés, et soumis au contrôle de l'anatomie pathologique, nous prouvent que par des modes divers de cicatrisation ou d'oblitération des cavités ulcéreuses, la guérison peut être obtenue. Si donc on rencontre des cas dans lesquels on a de légitimes espérances d'arriver à un résultat heureux, c'est-à-dire si les ulcérations sont bornées à un seul point ou à un nombre très limité de points du parenchyme du poumon, si le reste de l'organe respiratoire est perméable à l'air, si l'ensemble des signes généraux est favorable, si le besoin d'activer par une stimulation spécifique le travail d'organisation des pseudo-membranes qui tapissent les surfaces ulcérées se fait sentir, si l'atonie locale et générale prédominent, si l'excrétion muco-purulente est copieuse et liée à un état de relâchement de la pseudo-muqueuse de formation nouvelle, si les accidents inflammatoires locaux et généraux n'annoncent pas la formation d'une autre vomique tuberculeuse, il sera encore indiqué d'administrer les Eaux-Bonnes et de les faire entrer comme élément actif et important dans l'institution d'une méthode de traitement destinée à remplir toutes les indications thérapeutiques rationnelles.

FIN.

www.ingramcontent.com/pod-product-compliance
Ingram Content Group UK Ltd.
Pitfield, Milton Keynes, MK11 3LW, UK
UKHW020450230726
13925UKWH00005B/1854